FLOCONS
DE NEIGE

POÉSIES

PAR

XAVIER BASTIDE,

L'un des Auteurs

DES MANDRAGORES.

PARIS

DENTU, LIBRAIRE-ÉDITEUR

Palais-Royal, galerie d'Orléans.

—

1856.

FLOCONS DE NEIGE

LYON. — IMPRIMÉ CHEZ TH. LÉPAGNEZ,
PETITE RUE DE CUIRE, 10.

FLOCONS

DE NEIGE

POÉSIES

PAR

XAVIER BASTIDE,

L'un des Auteurs

DES MANDRAGORES.

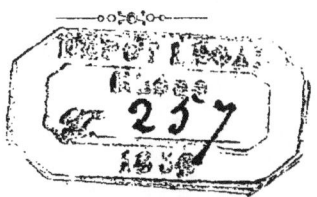

PARIS

DENTU, LIBRAIRE-ÉDITEUR

Palais-Royal, galerie d'Orléans.

1856.

FLOCONS DE NEIGE

C'EST POUR TOI.

> Le temps est immobile comme
> le rivage : nous croyons qu'il fuit,
> et c'est nous qui passons.
>
> (GUYARD.)

Tandis que déroulant son voile taciturne
La nuit mystérieuse enveloppe les airs,
Aux tremblantes clartés de ma lampe nocturne
    Si je module quelques vers ;

1

C'EST POUR TOI.

Si le parfum qui dort en mon ame ravie
Monte vers le séjour d'où nous descend la Foi,
Si je détache un mot des pages de ma vie,
    Ce n'est pas pour Eux, c'est pour Toi !

Ils fermeraient l'oreille aux hymnes du Poète
Nos Marsyas jaloux, si prodigues d'affront.
Mais va, leur ironie en passant sur mon front
    Ne m'a point fait courber la tête :
J'ai su m'envelopper dans les replis du Moi.
Et si la Lyre encore entre mes doigts résonne,
Si j'arrache un pétale aux fleurs de ma couronne,
    Ce n'est pas pour Eux, c'est pour Toi !

Pour Toi, de mes secrets le confident intime ;
Pour Toi, qui dans mes vœux fus toujours de moitié ;
Pour Toi, qui fis au cœur où fleurissait l'estime
    Mûrir les fruits de l'Amitié.

L'arbre s'étiolait, tu lui rendis sa sève...

Aussi, lorsque mon sein frémit d'un doux émoi,

Lorsque vers le Très-Haut ma prière s'élève,

    Ce n'est pas pour Eux, c'est pour Toi!

Oh! l'urne où mon encens brûle dans le mystère,

Ne va pas l'entr'ouvrir aux regards de chacun :

La fleur qu'on abandonne aux brises de la terre

    A bientôt bientôt perdu son parfum.

Dérobe donc ces chants à la tourbe profane

Qui rit des saints Devoirs et de leur douce Loi;

Si mon ame aujourd'hui t'apparaît diaphane,

    Ce n'est pas pour Eux, c'est pour Toi!

ÉCHO DE L'AME.

> La nature imprime l'amour de
> soi ; la Religion donne l'amour
> d'autrui.
>
> (FÉNÉLON.)

Sur le fleuve des jours où tu glisses, rapide,
Mon Ame ! laisse-toi conduire par le flot ;
Si ton passé fut noir, ton présent est limpide :
Chante ! l'heure qui fuit ne vaut pas un sanglot.

Pour sonder l'avenir, qui s'obstine à se taire,

Que sert d'interroger ce qui meurt ici-bas?

Tu mêlerais l'esprit aux fanges de la terre

Et tu crîrais Néant, quand Dieu te dit Mystère !

Chante, sans t'informer, ô mon Ame! où tu vas.

S'informent-ils, ces flots, quand viennent les nuages

Comme des Alcyons plonger en voyageant,

Pourquoi Dieu de leur sein fait sourdre les orages?

Pourquoi la lune aux Nuits jette un voile d'argent?

Pourquoi les vents du soir font chanter les feuillages?

Pourquoi roulent dans l'air tous ces Orbes de feu?

L'homme en sait moins que l'Ange, et l'Ange moins que Dieu.

Gloire à Celui qui n'est qu'essence !

Gloire au seul vrai! gloire au seul beau !

Tout s'éclaire au foyer de son Intelligence ;

    Tout corps se crée à sa substance ;

    Tout prend une ame à son flambeau !

    La Terre à l'homme ; — à Dieu, l'espace ;

    A Dieu, l'immensité du Ciel ;

A Dieu, tout ce qui dure ; — à nous, tout ce qui passe.

    Nous mourons, il est Immortel !

C'est Lui dont la parole a fécondé l'abîme.

Il veut : et le jour naît ; la Matière s'anime ;

Les sphères par milliers peuplent les Cieux géants ;

Et désertant des Monts les fumantes épaules,

Dans leurs bassins, creusés sous les glaces des Pôles,

    Tombent les Océans.

Incréé, vivant de Lui-même,

Aux Éléments il parle en Roi ;

L'harmonie est son but suprême,

Et l'amour son unique Loi.

Si des monts, à grand bruit, déchirant les entrailles

La lave annonce au loin l'heure des funérailles ;

Si la mer, bondissant dans son lit de cailloux,

Rompt la digue imposée à sa fureur croissante,

C'est Dieu qui réprimant leur fougue envahissante

Dit au volcan : silence ! aux flots : retirez-vous !

Sur tout ce qui respire il étend ses conquêtes,

Il voit comme un Néant les mondes déployés,

Et les Nuages des Tempêtes

Sont la poussière de ses pieds.

Oh! pour porter mon Ame aux voûtes immortelles,

Amour, embrase-la; Foi, prête-lui tes ailes.

Je doutais... je m'incline. — Insensé qui ne croit

Que ce qu'il voit des yeux et peut toucher du doigt!

Insensé qui, fouillant dans les Saints Tabernacles,

Un scalpel à la main dissèque les Miracles;

Et voulant tout soumettre à son grossier compas,

Ose nier le Dieu qu'il ne s'explique pas!....

Harmonieux Elus! phalanges de Rhapsodes

Qui chantez l'Éternel sur d'ineffables modes;

Vous, qui veniez souvent dans le calme des nuits,

Visiter ma demeure et bercer mes ennuis;

Anges, qui m'épuriez au feu de la Doctrine,

Et d'un souffle d'espoir dilatiez ma poitrine,

Comme aux jours du bel Age, en me tendant la main,
Daignez me dire encor : « Voilà le bon chemin. »

Ainsi qu'un voyageur attardé sur la route,
J'ai livré ma jeunesse aux ténèbres du Doute,
Et mes pas ont failli. Loin des chemins frayés
La ronce des buissons a déchiré mes pieds,
Et j'ai vu le Malheur, sur leurs tiges natales,
Des Roses de ma vie effeuiller les pétales.
Pitié! pitié pour moi! — Veuf des ruches du Ciel,
Pauvre abeille perdue, où retrouver mon miel?
Elle est là-haut la source où l'on se désaltère;
Et plus on est à Dieu, moins on tient à la Terre.

A UN AMI.

Les plaisirs de la pensée sont
des remèdes contre les blessures
du cœur.

(Mme DE STAEL.)

Pourquoi me gourmander quand ma Lyre est muette?

Le Ciel, ainsi que Toi, m'a-t'il créé Poète?

Un ange sur ma couche est-il venu s'asseoir?

Et de songes dorés peuplant mes insomnies,

Ai-je vu sur mon front se bercer les Génies
          Qui te visitent chaque soir?

Hélas! mes visions, naguères si parées,
Sous un souffle brûlant se sont décolorées
Comme l'hypne se fane aux vents du Sahara.
Loin du foyer natal mes jours coulent arides;
Et mon cœur de trente ans est sillonné de rides
          Que la mort seule effacera.

Et j'ai beau rappeler mes premières délices,
Nulles fleurs sous mes pas n'entr'ouvrent leurs calices:
Je ne respire plus leur encens parfumé.
Moi, qui dorais ma vie au soleil de la femme,
Je n'entends plus les voix qui chantaient dans mon ame
          En m'appelant leur Bien-aimé.

Le temps a dans son vol balayé mes Chimères ;

Et jeune encor, je bois aux fontaines amères.

Oh ! comme Toi, de chants je voudrais me nourrir :

La Muse est cet amour dont le feu nous dévore,

Que souvent on maudit, que toujours on adore,

    Qu'on ne peut quitter sans mourir !

Mais que me parles-tu de rancune et d'offense ?

Le Dieu qui m'a sevré des rêves de l'enfance

A-t-il sur notre amour fixé des yeux jaloux ?

Enfants, le même Ciel nous tendit sa mamelle,

Je t'aimai comme un frère aime sa sœur jumelle,

    Et je t'aime encore entre Tous.

Va, pour ces vérités que tu nommes brutales,

Je n'ai pas conservé des semences fatales :

2

Le sort qui les lia, liera toujours nos cœurs.
Je n'ai point oublié, dans mes destins contraires,
Que six ans révolus nous avons été frères,
    Et que nos Muses furent sœurs.

Pour dissiper le froid dont mon ame est saisie,
Fais de ta Lyre, à flots, couler la Poésie :
Chante ! les doux Concerts de la brise des bois,
La Vague qui, le soir, expire sur les grèves,
Les Chœurs mélodieux qu'on entend dans les rêves
    Sont moins suaves que ta voix.

Dis-nous les souvenirs de ta jeunesse blonde ;
Tes Rêves, bulles d'air crevant au choc du monde ;
Tes saints enivrements près du foyer chéri.
Conte-nous tes regrets, tes vœux, tes espérances :

Nos mains applaudiront à tes fraiches cadences,
   A tes cadences de Péri.

Répète de Minnah la fin prématurée ;
Minnah, la fille pâle au village adorée,
Qui, rêveuse, et les pieds fatigués du chemin,
S'assied près des ruisseaux aux magiques paroles,
Et compare sa vie à celle des corolles
   Qu'en jouant effeuille sa main.

Montre-nous la Liane aux jacqs roulant ses cirrhes ;
Le Bambou qui murmure au souffle des zéphyres
Et peuple les forêts de bruits mystérieux ;
Les Attiers couronnés de fruits triangulaires ;
Et le Palmiste, au haut des pitons séculaires,
   De sa flèche perçant les cieux.

Puis, ramenant ta Muse au sein de nos contrées,
Peins-nous la Pancratie et ses feuilles lustrées :
Elle, pour qui la nuit change en perles ses pleurs ;
Qui, six fois échancrant l'émail de son pétale,
Aux versants de la dune avec orgueil étale
    Son Épi rayonnant de fleurs.

J'aime de tes tableaux les vivantes peintures,
Soit qu'à ce monde inique infligeant les tortures
Tu jettes sur son front tes superbes dédains ;
Soit que, nous dévoilant les mystères de Flore,
Ton luth chante ces fleurs que l'Inde voit éclore
    Au feu sacré de ses Edens.

Courage donc ! à l'œuvre, harmonieux Athlète !
Au foyer du Génie emprunte ta palette ;

D'hymnes longtemps couvés fais jaillir le trésor :
Je croirai, d'ici-bas, ouïr la harpe sainte
Que l'Ange fait vibrer dans l'immortelle enceinte :

Le chant cesse... on écoute encor !

A DEUX ARTISTES.

> La Musique est la langue des
> Dieux.
>
> (PLATON.)

Le voici donc venu le jour de vos adieux,
O Sylphes bien-aimés qu'ont entrevu mes yeux,
    Echos suaves du Génie,
Sœurs, qu'un cri sympathique accueillit tant de fois,
Je n'ouïrai donc plus la corde sous vos doigts
    Jeter ses perles d'harmonie !

A DEUX ARTISTES.

En vain pour dissiper les brumes du départ
Des flots d'encens vers vous pleuvent de toute part :
    L'encens n'a rien qui vous enivre.
Sans un soupir du cœur vous quitterez nos murs.
Et cependant, pour Vous, nos Cieux deviendraient purs,
    Si parmi nous vous daigniez vivre.

Quels Biens mystérieux vous appellent ailleurs ?
Les triomphes rêvés y seront-ils meilleurs ?
    L'Enthousiasme plus fidèle ?
Enfants ! comme l'oiseau vous effleurez le sol ;
Et la ville choisie où s'abat votre vol
    Voudrait vous voir ployer votre aile.

Mais pour calmer la soif qui nous brûle toujours,
Hélas! nous allons Tous puiser nos plus beaux jours
    A la source de la Tempête;
Puis, quand l'hiver aride a dispersé nos fleurs,
Dans l'urne du Passé nous jetons quelques pleurs
    Tristes comme un débris de fête.

Votre voyage encore est trop près du matin.
Allez cueillir les fruits mûris par le Destin :
    C'est pour vous qu'il les fit éclore.
Savourez de leurs sucs les précoces douceurs.
Et quand le soir viendra vous visiter, mes Sœurs,
    Près de Nous revenez encore!

Vous trouverez, ici, l'accueil hospitalier
Qu'aux Archives du cœur on aime à confier
    Quand l'Age brise l'Energie ;
Les sympathiques vœux d'un Peuple électrisé ;
Et ce Calme idéal si longtemps méprisé,
    Où le bonheur se réfugie.

Nous vivons pour aimer ; nous aimons pour souffrir.
L'Amour est une fleur qu'un souffle peut flétrir,
    Un parfum qui monte et s'envole ;
Mais la Gloire est l'éclair qui, parti du Saint-Lieu,
Tombe au front des Elus marqués du sceau de Dieu
    Pour s'y changer en Auréole.

Auréole sacrée! oh! bienheureux Celui

Qui voit ce Nimbe d'or étinceler sur Lui :

   L'essaim des siècles l'environne ;

Entre les Noms fameux son Nom brille, immortel ;

Et l'encens d'ici-bas, comme un parfum d'Autel,

   Monte en nuage vers son trône.

Il est beau de mourir après avoir vaincu!.....

Mais s'éteindre sans Nom, c'est n'avoir pas vécu.

   Vieillesse, qu'un autre t'envie !

Végéter de longs jours est-ce vivre longtemps ?

   Ce n'est pas le nombre des Ans ,

   C'est la Gloire qui fait la vie.

A M. ALPHONSE BALLEYDIER,

APRÈS AVOIR LU SON HISTOIRE DU SIÉGE DE LYON.

Au bruit des flots, chantant leur douce mélopée,
J'ai lu cette Iliade à ta plume échappée,
Poëme fabuleux qu'un Peuple incandescent
Signait avec le glaive et payait de son sang.

5

Les fulgurants éclats des crises populaires

Déchaînant sur Lyon leurs trombes de colères ;

Les prophétiques sons qui, tombés des beffrois,

De fébriles terreurs crispent les membres froids ;

Tous ces spectres hideux que les guerres civiles

Font sourdre de l'abîme et soufflent sur les villes,

Prodromes effrayants d'une ère de malheurs,

Ont inondé mes yeux de sympathiques pleurs.

Vingt fois interrompant la phrase commencée,

A ces tableaux de deuil qui glacent la pensée

Tout bas je me suis dit, frissonnant dans ma chair :

« Oh ! plus de République ; elle coûte trop cher.

Plus de ces Trinités aux entrailles de pierre

Qu'on appelait Couthon, Marat et Robespierre :

Divinité farouche, îvre de sang humain,

Qui s'installait au faîte une hache à la main,

Et, vantant le bonheur d'un plus juste équilibre,

Terrorisait la France au nom du Peuple libre !

Plus de ces Niveleurs étrangers au remord

Qui promenaient sur tout leur équerre de mort,

Dracons septembriseurs dont la voix sépulcrale

Brisait de nos remparts la ceinture murale,

Entassait pêle-mêle au fond des tombereaux

Ces rosaires vivants qu'égrainaient les Bourreaux,

Et planant sur Lyon, des Brotteaux à Fourvières,

Baptisait dans le sang la ville aux deux rivières.

Hélas! jamais Despote, au champ de la douleur,

Ne creusa de sillon plus profond que le leur!

Ils allaient, ils allaient ces faucheurs inflexibles,

Reculant sous leurs pas la borne des possibles,

Imposant aux Cités leurs rêves Montagnards,

Ici par la parole, et là par les poignards.

Et ces Dieux dont la tourbe adoptait les systèmes,

Ces Dieux que nous chargeons d'un hourrah d'anathêmes

– Jeux du Destin! – trésors, peuple, armée, échafaud,

A l'heure du travail rien ne leur fit défaut.

On eût dit qu'avec Eux le ciel d'intelligence

Lui-même offrait la coupe à leur soif de vengeance.

Ils ne respectaient rien! beauté, talent, vertus,

Puisque tous les choquaient, tous furent abattus!...

Oh! devant ces forfaits dont le spectacle attère,

Le sang coagulé se glace dans l'artère.

Je crois entendre encor les sinistres tambours

Au chantier de la mort convoquant les Faubourgs;

Par d'invisibles mains les cloches ébranlées

Retentissant au cœur des Mères désolées ;

Et les sbires, vendus aux bouchers du Sénat,

Debout, en plein forum, prêchant l'assassinat.

Cachez-moi ces tableaux ! horreur !... dans les ténèbres

Enfouissez le deuil de ces pages funèbres ;

Rayez ces jours d'angoisse où les Partis fiévreux

Comme d'impurs vautours se déchiraient entr'eux.

Quand leur souvenir dort au fond de l'ossuaire,

Pourquoi des temps maudits entr'ouvrir le suaire ?

Les tigres que l'erreur avait divinisés

Sont morts sous les couteaux qu'ils avaient aiguisés,

Et leur cendre, aux martyrs offerte en hécatombe,

Dans le funèbre Enclos n'a pas même une tombe !

Paix à leurs Mânes ; paix à ces géants du sol

Que le simoun du siècle emporta dans son vol :

Titans déshérités que l'orageuse plèbe

Avait pour une autre œuvre arrachés à la glèbe !

Oh ! l'heure où retentit l'avis officiel

Que ces suppôts du crime étaient tombés du ciel,

Lyon battit des mains. Ses joyeuses croisées

S'ouvrirent aux parfums des brises alizées,

Haleines de bonheur qu'après de noirs Autans

Les Dieux soufflent toujours aux Peuples haletants.

Il avait tant souffert; le soc des funérailles

Avait tant, ô mon Dieu, labouré ses entrailles;

L'hydre avait tant pressé de réseaux étouffants

La belliqueuse arène où dorment ses Enfants,

Que, l'aube où ce Python mordit la terre nue,

Un cri d'enthousiasme éclata dans la nue !

Sur les quais envahis, les quartiers populeux

Versèrent tout-à-coup leurs océans houleux ;

Aux fraternelles mains les mains furent unies ;

Et, traversant l'espace inondé d'harmonies,

Les vœux que trop longtemps la crainte bâillonna

Montèrent vers le Ciel, mêlés à l'Hosanna.

Combien de fois, creusant tes souvenirs intimes,

Quand ta plume aux cercueils arrachait les victimes,

Lorsque la Josaphat des braves assoupis,

Se dressait à tes yeux comme une mer d'épis,

Et que ta main tremblante aux Archives poudreuses

Demandait du passé les routes ténébreuses,

Ton noble cœur, saisi d'un indicible émoi,

S'est-il senti presser d'un cilice d'effroi ?

Combien de fois, songeant au désespoir des mères,
Zébras-tu de ton fouet le front des victimaires :
Fous cuirassés d'orgueil, qui ne soupçonnaient pas
Que le sol pût, un jour, s'effondrer sous leurs pas,
Qu'après six ans, brûlés au feu des insomnies,
Le Peuple enfin se lève et sort des Gémonies....
Tel quand l'orage aux Cieux promenant son tison
De sinistres clartés labourait l'horizon,
Les successeurs crétins des Augustes de Rome
Couraient, insoucieux, du cirque à l'hippodrome,
Et, tyrans ou flatteurs du soldat qu'ils craignaient,
Comptaient leurs attentats par les jours qu'ils régnaient.

Grâce au Progrès, enté sur de plus doux principes,
Ils n'apparaîtront plus ces sanguinaires types

Qui, méprisant du Christ le Code fraternel,

Ont lacéré la Table où parle l'Eternel.

A chaque temps, ses mœurs ; à chaque homme, sa tâche.

L'amour qui vivifie a remplacé la hache ;

Et les peuples enfin affranchis de leurs maux,

De l'arbre de la paix embrassent les rameaux.

AVIGNON.

Ille terrarum mihi præter omnes
angulus ridet.
(Horace, Liv. 2, Ode 6.)

Ce coin de l'univers
Me charme plus que le reste du monde.
(Général Delort.)

L'arc et la flèche en main, le carquois sur l'épaule,
Quand les Celtes allaient par les bois de la Gaule
Chassant l'ours de sa bauge, et l'aigle de son nid,
Ils choisirent ce Mont qui domine le Rhône;
Et leur robuste main l'arma d'une couronne
De remparts et de tours, scellés dans le granit.

Le Brenn avec le fer en traça les murailles ;
Et l'Eubage inspiré prédit, sur les entrailles
De la victime offerte à ses Dieux inhumains,
Qu'un jour Awenion, s'élevant de l'Arène,
Mirerait dans les flots sa silhouette reine ;
Et que Dieu, soixante ans, la tiendrait dans ses mains.

Mais voilà que du sud un Ouragan se lève :
Annibal triomphant passe, et fauche du glaive
La Cité dont le Chef à Rome s'allia.
Les vétérans du Tibre à leur tour l'envahissent,
Et vengent sur les Fils des Gaulois qu'ils haïssent
  L'antique opprobre d'Allia.

Cependant le Sauveur proclame l'homme libre.

Les dieux Capitolins s'écroulent dans le Tibre,

Le puissant devient humble, et résigne ses droits.

D'une moisson de paix la semence féconde

     Germe au champ du vieux Monde,

Affranchi par le Christ du fardeau de sa croix.

Oh! que de fois, le soir, quand les ombres funèbres

Tapissent d'Avignon le plateau spacieux,

J'y suis allé rêver, triste et silencieux,

Epiant le retour de l'Astre des ténèbres!

Tandis que mon regard interrogeait les Cieux,

Tandis qu'abandonnée à la mélancolie,

4

Mon ame s'oubliait, en elle recueillie,

Le magique passé renaissait à mes yeux.

J'entendais résonner la harpe des Trouvères,

Les chants qui désarmaient les Dames trop sévères,

Les hymnes belliqueux, fanfares du tournoi ;

    Et les nuages diaphanes

Glissant à l'horizon, semblaient être les Mânes

Des guerriers, proclamant Dieu, leur Dame, et le Roi.

Puis, les faits revêtaient des formes plus précises,

Et je voyais, au fond de ces jours pleins d'éclairs,

Les clochers dentelés des antiques Eglises

Comme des mâts flottants onduler dans les airs.

Le chant funèbre de l'Absoute

Tonnait sous la pieuse voûte

Où les Pontifes-Rois dorment leur long sommeil.

Les nefs étincelaient de torches colossales ;

Et les morts, secouant leurs pierres sépulcrales,

De fraternels baisers saluaient leur réveil.

Et j'entendais : Place, au cortége !

Place au Saint-Père d'Avignon !

Au sixième Clément dont l'ombre nous protége,

Et qui sut mériter son nom !

Elu du Ciel, heureux génie,

Contre sa mission bénie

En vain l'Enfer se déchaîna.
Le Très-Haut inspirait le Sage ;
Et les Peuples sur son passage
Se levaient, criant : Hosanna ! !

C'est bien Lui !... contemplez sa face
Que le sourire embellissait ;
Ce front où rayonnait la grâce,
Cette main qui vous bénissait.
Mères, Epouses désolées,
Par le Pontife consolées
Durant l'épreuve ou l'abandon,
Venez dire un adieu suprême

Au chef spirituel, représentant Dieu-même,
Qui sur vous, tant de fois, fit tomber le pardon.

Mais déjà la pieuse enceinte
A fait trève aux plaintifs accords
Qui portent à l'oreille sainte
Les dernières hymnes des morts.
La cloche de la Basilique,
Seule, tinte, mélancolique,
Dans la tour de l'Eglise en deuil;
Les torches par degrés s'éteignent,
Et d'un éclat lugubre teignent
La Métropole et le Cercueil.

Et tandis qu'autour de la bière

Règne un profond recueillement,

Le Prêtre, incliné sur la pierre,

Invoque Dieu mentalement.

Tout-à-coup un bruit sourd retentit sous la dalle :

Il réveille l'écho du sépulcre béant.

Le caveau noir reçoit la dépouille papale

Et l'engloutit dans son Néant.

Et mes yeux s'enivraient au deuil de cette pompe ;

Et je prêtais l'oreille ; et je croyais ouïr

Une voix qui disait : Dors ! que rien n'interrompe

Le sommeil dont tu vas jouir.

Adieu ! — » Comme le flot qui lentement s'écoule,

Triste, le Peuple alors désertait le Saint-Lieu,

Et l'écho prolongé qui sous les voûtes roule,

Mourait dans le lointain en répétant : Adieu !

OU DONC EST LE BONHEUR?

Le bonheur est le mobile de
l'homme ; et l'art de l'obtenir consiste à proportionner ses désirs
à ses moyens.

(MONTESQUIEU.)

Combien de fois, à l'heure où tout se rembrunit,

Evoquant un passé dont ma jeunesse est veuve,

J'ai suivi du regard ce long drame d'épreuve

Que le berceau commence et qu'un tombeau finit!

Combien de fois, jugeant des jours qui sont à naître

Par les jours de vertige auxquels j'ai dit adieu,

Triste, j'ai murmuré dans le fond de mon Être:

    Où donc est le bonheur, mon Dieu?

Est-il vers ces plaines aimées

Où Zéphyre à l'écho des bois

Jette ses brises parfumées

Et les cadences de sa voix?

Sous l'ombrage de ces retraites

Que l'ame ardente des poètes,

Peuple de Sylphes enchantés;

Où la Nature est toujours belle;

Où le Soleil en or ruisselle,

Et de ses gerbes d'étincelle

Brode les champs diamantés?

Est-il sous le dais de charmille

Dont Bulbul aime le séjour

Et d'où, joyeux, à sa famille

Il chante le réveil du jour?

Sur les monts d'où, fuyant ce Globe,

L'Oiseau-Roi salue avant l'aube

Le retour du géant des Cieux;

Et, sublime au sein de l'espace,

Semble ouvrir la carrière où passe

Le char aux flamboyants essieux?

Est-il au bord de l'onde pure

Qui, roulant un flot velouté,

Aux galets de son lit murmure

Des airs remplis de volupté?

Sur les steppes arénacées

D'où l'œil contemple, nuancées

Par les feux du soleil mourant,

La voile blanche du navire

Qui des mers fend l'humide Empire,

Et comme un frais visage où brille le sourire

De sillons gracieux peint le flot transparent?

Est-il au sein de la chimère

Qu'une renommée éphémère,

Réserve à ses Elus d'un jour?

Dans les biens que le peuple encense?

Dans le faste de la puissance?

Dans le premier baiser d'amour?

Hélas ! non. Le bonheur est ce Lépidoptère
Qui des fleurs d'ici-bas caresse le nectaire
Et qui fuit sans relâche aux champs de l'avenir :
Heureux ceux dont la main gardant quelques parcelles
De la poussière d'or enlevée à ses ailes
    En parfument leur souvenir !

Près du foyer natal que tout absent réclame,
Quinze ans, riche d'espoir mais satisfait de peu,
J'ai vu se dérouler sous un ciel toujours bleu
Nos champs semés de fleurs et chatoyants de flamme,
Et quinze ans j'ai redit dans le fond de mon ame :
    Où donc est le bonheur, mon Dieu ?

5

J'aimais à voir des bricks les voiles éclatantes,

Les panaches d'écume aux crêtes miroitantes,

L'arc diapré d'Iris qui frange un ciel vermeil,

Et ces grains pommelés qui, nuançant l'espace,

Flottent à l'horizon comme un condor qui passe

    Sous l'orbe immense du soleil.

Et je disais à l'onde où venait le nuage

Comme un oiseau pêcheur glisser en voyageant,

Aux phares qui, la nuit, jettent un feu changeant

Sur le miroir limpide où tremble leur image,

Aux pics aériens que dore un ciel de feu,

Aux bois d'où Philomèle épanche son ramage :

    Où donc est le bonheur, mon Dieu ?

Le bonheur! il n'est pas dans la fébrile extase
Qui déborde des sens comme le flot du vase
Et dont notre ame, un jour, savoure la liqueur :
Essaims tumultueux de germes infertiles
Qui grouillent, à vingt ans, ainsi que des reptiles,
    Dans la vase du cœur.

Il est dans ces parfums d'intimes quiétudes,
Edens créés par l'ame au fond des solitudes
Qui transforment la terre en sylphirique lieu ;
Il est dans le trésor de prière et d'aumône
Dont le juste ici-bas compose sa couronne
    Pour l'offrir en tribut à Dieu.

O MON ANGE, MERCI.

Dulce ridentem Lalagen amabo,
dulce loquentem.

J'aimerai toujours Lalagé, son
doux parler, son doux sourire.

(HORACE.)

J'ai dit : Livrons mon ame aux brises de la joie :
L'air qui m'inonde est pur comme un encens de fleur.
C'est un souffle d'amour exhalé sur ma voie
Avant que l'âge aride ait dévasté mon cœur.

Aspirons ce parfum des heures fortunées
Que les destins jaloux emportent dans leur vol.
Des roses de nos jours les guirlandes fanées
Demain peut-être, hélas ! tapisseront le sol !

Le Temps à coups pressés frappe sur l'Espérance ;
Et la gerbe de biens, promise au travailleur,
    Tombe au sillon de la souffrance
Avant que l'épi mûr ait remplacé la fleur.

Et pour revoir l'éclair des voluptés premières
Notre voix dit en vain : « Doux songes, revenez ! »
L'étouffant cauchemar vient seul à nos prières,
Et plonge dans nos cœurs ses ongles décharnés.

Rayez du livre humain la page où l'homme pleure,

Seigneur ! n'y conservez que les feuillets choisis.

A l'horloge des jours ne marquez jamais l'heure

Où le désert de feu succède à l'oasis !

Et toi, source limpide où le désir s'abreuve,

Rends-moi le doux nectar que ma lèvre a touché :

Je soupire après toi, comme le lit du fleuve

Soupire après ses flots, quand il est desséché.

J'ai déjà vu la haine envelopper ma vie.

Et le monde, ce lac d'impurs limons chargé,

A fait pleuvoir sur moi l'écume de l'envie

Sans qu'un rayon d'espoir dorât le naufragé.

Mais un destin propice a balayé les nues.

L'éclair d'un doux regard, m'illuminant soudain,

A pénétré mes sens de clartés inconnues...

O mon Ange, merci! tu m'as ouvert l'Eden.

UN CYPRÈS.

Il lui fallait ton ciel rouge et bleu de la Sonde,
Ton ciel que le soleil de ses flammes inonde,
Et ton île orageuse, arène des typhons ;
Tes pitons calcinés où la peste sommeille,
Où Dieu, lorsque sur toi sa colère s'éveille,
Fait mugir des volcans les tonnerres profonds.

Il lui fallait, Java! ton sol, tes forêts sombres
D'où le tigre s'élance à la chûte des ombres;
Tes bois où par troupeaux s'en vont les éléphans.
Il lui fallait tes lacs peuplés de crocodiles;
Et tes marais infects où d'énormes reptiles
Déroulent sous les pas leurs cercles étouffants.

Ici, tout hérissé de menaçantes piques,
Sous le cristal, pour lui, l'agavé des Tropiques
Bravait des vents du nord les souffles importuns;
Le pâle Hydrangea des îles de la Sonde
Mêlait ses doux reflets aux roses de Golconde
    Qui nous enivrent de parfums.

Des grottes de verdure ornant la voûte aimée,

Pour lui plaire en festons ondulait l'ypomée

Au milieu des jasmins et des camélias ;

Et pour lui, variant l'éclat de leurs chlamydes,

Nos fleurs luttaient de grace avec les calathides

Qui couronnent le front des riches Dhalias.

Il avait le sommeil dans les kiosques maures,

Le bois de citronniers, l'allée aux sycomores

Fuyant en courbe au fond du ciel ;

Et la nuit, il rêvait sous les fraîches arcades

D'où le ruisseau bondit en milliers de cascades

Sur un roc artificiel.

Eh bien ! tous ces trésors qu'ambitionne l'ame
Ne pouvaient de ses vœux désaltérer la flamme :
Il demandait sans cesse, et toujours vainement,
Ces tableaux dont le ciel a privé notre zone,
Le plumage éclatant qui pare l'amazone,
L'essaim des colibris au riche vêtement.

Il demandait surtout ses berceaux de lianes,
Le spadice incliné qui porte les bananes,
La figue du cactus aux principes sucrés,
L'ananas dont la pulpe offre un mets salutaire,
Le fruit du cocotier dont le lait désaltère,
Et les sites qu'enfant, il avait adorés.

Et le voilà qui dort!... Et sur sa froide image
Un saule fait pleuvoir ses larmes de feuillage.

    Que notre sol lui soit léger!
Et lorsque des zéphyrs les suaves haleines
D'atomes odorants caresseront nos plaines,
Puisse à ces doux parfums tressaillir l'étranger!

Que dis-je? Voltigeant de corolle en corolle,
Sous le ciel de Java que plus tôt il s'envole,
Aux chants des bengalis et des brises bercé;
Là, que pour lui des fleurs s'entr'ouvrent les calices,
Et que dans leur nectaire il puise avec délices
L'ivresse du présent, et l'oubli du passé!...

                                        6

Ainsi, toujours déçu, l'homme en ce monde passe!...
Sa vie est le sillon qui fend l'humide espace
Et qu'aplanit soudain le flot roulant après.
Les rares voluptés écloses sur nos voies
Tombent, et dans le champ où fleurissaient nos joies,

Il ne reste, hélas! qu'un Cyprès.

ÉPITRE.

Dum loquimur, fugerit invida ætas.
(HORACE.)
Tandis que nous parlons, le temps jaloux s'enfuit.

Vous désirez savoir, docte ami de Chappelle,
　Si je rime péniblement,
Ou si la poésie à mon commandement
　Obéit dès que je l'appelle :
Cela dépend du lieu, de l'état du moment.

Quand du mont de Fourvière illuminant le faîte
D'électriques lueurs annoncent la tempête,
J'ai beau ronger mes doigts et tourmenter mon front,
La Muse que j'implore à mes vœux est muette :

On dirait qu'un casque de plomb

De son poids écrase ma tête.

Mais si le firmament rayonne de clarté,
Si l'alouette aux airs en gazouillant s'élance,
Vers un monde idéal mon esprit transporté

Brise l'entrave du silence,

Et je chante l'amour, les fleurs, la liberté.

Pauvre amour! pauvres fleurs! dans ce siècle de lucre
    Qui donc vous offre un grain d'encens?
Les spéculations sur le beurre ou le sucre
    Ont des attraits bien plus puissants!
Arrière, étude aimée! arrière, pure extase
Que le roué poursuit d'un sourire moqueur!
L'or seul peut étancher la soif qui nous embrase:
N'a-t-on pas avec l'or tout ce qui plaît au cœur?

Et la Muse, pleurant de l'erreur où nous sommes,
Se réfugie au ciel ou vers les jours éteints.
Et je dis: si la fleur souffre à l'égal des hommes,
Sans doute en rappelant des souvenirs lointains
L'immortelle maudit le bienfait des destins.

Félicités des champs! ivresses expansives

Par qui tout sur la terre est ambroisie et miel,

Joie intime du cœur que n'altère aucun fiel,

Où sont de vos beaux jours les voluptés naïves?

Où sont les frais tableaux que vous me dérouliez

Quand la mer bouillonnante expirait à mes pieds?

Quand je voyais, noyé dans des flots d'étincelles,

Passer à l'horizon, comme un ruban de feu,

L'oiseau qui doit son nom aux flammes de ses ailes

Ou les bateaux pécheurs voguant sur le flot bleu?

Quand le soir m'apportait les sauvages beuglées

Des taureaux bondissant sur les steppes salées

Et que le bruit lointain de l'onde et des rameurs

Peuplait l'immensité de confuses rumeurs?

Où sont au fond des bois mes haltes solitaires?

Mes rêves d'avenir si longtemps caressés?

Mes studieux travaux toujours récompensés

Lorsque, voulant des fleurs surprendre les mystères,

Ma loupe interrogeait les merveilleux replis

Des organes que l'ombre avait ensevelis?

Où sont mes jeux d'enfant sur la plage marine?

L'air natal dont l'arome inondait ma poitrine?.

La ferme où mes regards admiraient, tour-à-tour,

La robe qui revêt la pintade numide,

Le coq impérieux, sultan de basse-cour,

L'oiseau des bords du Phase au vêtement splendide,

Et le paon, qui déploie aux feux d'un soleil pur,

Sa roue où brille l'or, l'émeraude et l'azur?

Temps de volupté douce et d'ineffables scènes,

Vous que je pleurai tant et que je pleure encor,

Comment vous retrouver dans les cités obscènes

Où tout s'escompte avec de l'or!

Où la soif d'acquérir devore sans mesure,
L'avare que maigrit la fièvre de l'usure,
Et cet essaim taré d'ambitieux escrocs
Que l'étal de la Morgue attend avec ses crocs.
Où la prostituée, épiant une proie,
Le soir, aux carrefours, tend ses piéges de soie,
Et sans honte livrée aux désordres des sens,
De lubriques regards provoque les passants.

Ah! maudits soient ces lieux! maudit soit l'être infame
Qui le premier osa marchander une femme,
Et de son piédestal où l'admiraient nos yeux
Fit tomber dans l'égoût ce chef-d'œuvre des Cieux!

Partons!... je veux revoir la sablonneuse arène

Où s'écoula sans bruit mon enfance sereine.

Côtoyer le rivage où, morne et sans abris,

Maguelonne repose avec tous ses débris,

Elle qui vit, un jour, Crocus et les vandales

Sur ses palais détruits imprimer leurs sandales.

J'irai redemander à la mer, aux marais

Pourquoi n'y flotte plus l'ombre des minarets;

Pourquoi sous les mûriers et les frais sycomores

Se taisent aujourd'hui les sérénades maures;

Et pourquoi ce débris du colosse romain,

Triste comme Sion, pleure sur le chemin?...

C'est le secret du Juge et du ver de la tombe.

Ici-bas tout grandit, tout brille, et puis tout tombe,

Sans que l'insecte humain qui se nourrit d'orgüeil,
Ait encor pénétré l'énigme du cercueil.

Peut-être Maguelonne à ces heures expie
Le jour où le turban coiffa sa tête impie ;
Le jour plus désastreux où, défiant son roi,
Du nouvel Arius elle embrassa la foi,
Profana ses tombeaux, souilla ses basiliques,
Des saints qui la gardaient dispersa les reliques
Et, folle, s'endormit dans son égarement.

C'est alors que passa l'ange du châtiment !

Oh! si vous la voyez, quand elle précipite
Au fond du lac ses murs par les ombres grandis,
Vous diriez que ses toits et ses clochers maudits
    Mirent leurs fronts dans un cocyte!

En vain elle a voulu rappeler ses beaux jours.
En vain se retrempant aux eaux du saint baptême
Elle a cru de son front effacer l'anathême :
    L'anathême a pesé toujours!...

De là, j'irai m'asseoir dans la paisible enceinte
Où ma mère à ses fils inculquait la foi sainte :
Asile où mon esprit retrouve les jalons
De ce limpide amour qui rafraîchit les veines;
Ville dont tant de fois j'explorai les vallons

Et qui repose au pied de riches mamelons,

Bercée entre la mer et les monts des Cévennes.

Là, point de monuments dont l'imposante voix

Vous jette un souvenir des âges d'autrefois.

On dit bien que ces murs dont le temps mord la pierre

Des sires Gosselin protégeaient la bannière

Et que ces noirs fragments d'édifice meurtri

A de savants rabbins prêtèrent leur abri :

Mais aujourd'hui Bacchus, détrônant Mémonide,

Peuple de ses servants la synagogue vide;

Et les clefs du geôlier ouvrent au criminel

Le manoir où dormaient les comtes de Lunel.

Fuyez, vous qui, la nuit, au fond des vieux portiques

Cherchez des paladins les ombres fantastiques :

Nous ne saurions offrir à vos rêves profonds
Que des caves sans spectre, et d'humides plafonds.

Mais quel riant séjour, quelle ville animée
Quand le raisin nous tend sa liqueur embaumée !
Les tonnes, les pressoirs que l'abeille poursuit
Sur les pavés émus résonnent à grand bruit.
Mille bras vigoureux à la grappe rebelle
S'efforcent d'arracher les sucs qu'elle recèle :
Ici, coule à flot d'or le généreux muscat
Qui glisse en chatouillant le palais délicat ;
Là, ruissellent ces vins que leur fougue tourmente.
Mai les verra jaillir en poussière écumante

7

Quand les gaz dilatés, qui sommeillent encor,
Au souffle du printemps voudront prendre l'essor.

Ceux-là, dont à grands flots septembre nous inonde,
Inépuisables sucs d'une terre féconde,
Décomposant au feu leurs principes sucrés
Du brûlant alambic sortiront épurés,
Et, d'un titre pompeux adoptant la noblesse,
Iront des vins du nord soutenir la faiblesse.

Mais bien plus que Lunel captivant les regards,
Avec ses ponts-levis, ses gothiques remparts,
Ses créneaux délabrés, sa ronde citadelle,
A travers les marais Aiguemortes m'appelle.

Dans ces fossés déserts les vagues ont roulé;

La mer creusait un port sous ce sable brûlé;

Et là se balançaient comme des bayadères

Les bateaux pavoisés et les riches galères

Qui devaient emporter aux grèves de Tunis

L'essaim religieux des Croisés réunis.

Cette plage, ces murs, comme un rayon de gloire

Du pieux Louis-Neuf ont gardé la mémoire;

Et les dents de la rouille y respectent l'anneau

Qui dans les eaux du port enchaînait son vaisseau.

Mais par degrés la mer, capricieuse amante,

S'éloigne en déroulant sa crinière écumante;

Et par degrés le flot, toujours moins empressé,
Laisse poindre un écueil sous ses plis enfoncé.

De mes deux bras nerveux, de ma forte poitrine,
Ainsi qu'un yacht léger fend la vague marine,
Combien de fois, bravant les houleux tourbillons,
J'ai fendu cette plaine aux mobiles sillons!
Les flots sur les brisans flagellés par l'orage
Au lieu de l'affaiblir excitaient mon courage ;
Et, fier de ma vigueur, je voyais sans émoi
Les remous de l'abîme écumer devant moi.

A l'heure où le soleil dévore les collines,
O mon Dieu ! laissez-moi m'asseoir encor souvent

Sous le dôme des pins et du tremble mouvant,

Pour que, suivant des yeux les vagues cristallines,

J'y rêve au bruit aimé de la mer et du vent.

DIALOGUE.

Qui fit, Mœcenas, ut nemo,
quam sibi sortem seu ratio dede-
rit, seu fors objecerit, illà con-
tentus vivat? Laudet diversa se-
quentes?

(HORACE.)

MOI.

D'où vient que, tourmenté de soins ambitieux,
Nul ne bénit la sphère où l'ont placé les dieux?
Ah! que je porte envie au commerçant, murmure
Ce preux vaincu par l'âge et ployant sous l'armure.

Le commerçant en butte aux chances du malheur,

Qu'heureux est le soldat! dit-il avec douleur :

Sitôt que du clairon l'air belliqueux résonne,

Il part: la mort le frappe ou l'honneur le couronne.

Le juge, qu'on éveille au premier chant du coq,

En haine des plaideurs voudrait guider le soc.

Et le granger, qu'en ville un jour de fête amène,

Croit que des seuls plaisirs la ville est le domaine.

Oh! s'il fallait nombrer, après l'auteur latin,

Tous ceux qui dans le cœur maudissent leur destin,

Quelqu'habile qu'il soit à faire une harangue,

Crémieux! Crémieux lui-même y laisserait sa langue.

LE MÉCONTENT.

Peste!... mais à quoi tend ce début?

MOI.

A prouver

Que le bonheur n'est pas où l'on croit le trouver ;

Que l'homme ne voit luire un avenir prospère

Qu'en s'attachant au seuil où fut heureux son père.

Est-il sage, en effet, de consumer ses jours

A poursuivre des biens qui s'éloignent toujours ;

Et, l'ame hallucinée au mirage des songes,

De repaître ses vœux d'impossibles mensonges ?

Le bien-être consiste à savoir se borner :

Un repas qui suffit vaut le meilleur dîner.

LE MÉCONTENT.

Voilà bien les heureux ! quand, libres de secousses,

Ils égrainent du sort les grappes les plus douces,

Ils voudraient que le peuple, étreint au laminoir,
Se contentât d'eau claire et vécût de pain noir!
De l'arbre social insectes émérites,
Ils gorgent de faveurs leurs jours de sybarites,
Et d'un refus avare accueillent le besoin
Du malheureux qui souffre et se tord dans un coin.
Mais Dieu les punira, ces misérables tourbes,
De riches corrompus, de parasites fourbes
Qui, nous emprisonnant dans leurs calculs étroits,
Des rets de leur astuce enchevêtrent nos droits.

Eh! n'ont-ils point assez, despotes sacriléges,
Au tronc des vieux abus greffé leurs priviléges?
N'est-il pas juste, enfin, qu'un horizon meilleur
S'ouvre devant les vœux du probe travailleur?
Ainsi disparaîtraient ces haines séculaires
Qui mugissent aux flancs des outres populaires;

Et l'univers, doté d'un avenir nouveau,
Du règne fraternel bénirait le niveau.

MOI.

Généreuse utopie! écho dont l'ame vibre!
Beau rêve, qui du cœur galvanise la fibre!
Ah! comme vous longtemps — j'en fais ici l'aveu —
De ce règne d'amour je caressai le vœu.
Longtemps je demandai que pour le prolétaire
Un regard du Très-Haut descendît sur la terre;
Et, balayant du mal le souffle empoisonneur,
Epanouît ce globe au prisme du bonheur.
Mais quand j'eus vu, dressant leurs vagues insensées,
Bouillonner dans leur lit tant d'ignobles pensées;
Quand le flot du désordre, écumant et profond,
De son cours orageux m'eût révélé le fond;

Que mon œil eût sondé l'abîme de souffrance

Où la démagogie allait plonger la France,

(Ainsi qu'un voyageur s'arrête, suspendu,

Près du gouffre béant à ses pieds étendu,)

Je reculai, saisi d'une terreur soudaine,

Et je maudis le sol où germe tant de haine.

Est-ce en exterminant, qu'on dote l'avenir

De ce bonheur rêvé qui ne doit pas finir ?

LE MÉCONTENT.

Je plains les innocents qu'emporte la rafale.

MOI.

Et vous chantez en vers l'émeute triomphale.

LE MÉCONTENT.

J'applaudis au progrès qui dissipe l'erreur.

MOI.

Basez-le sur l'amour, et non sur la terreur.

LE MÉCONTENT.

Depuis que sous le joug de la bête de somme
L'homme s'est arrogé le droit de courber l'homme,
Ce monde, qu'à l'amour Dieu même avait soumis,
S'est fendu par la haine en deux camps ennemis :

8

Là, sont les proconsuls, armés du monopole ;

Ici, les parias, leur cangue sur l'épaule.

Or si les parias, lassés d'être vaincus,

Se lèvent en poussant le cri de Spartacus,

S'ils jettent aux égouts les faisceaux consulaires,

Livrent le capitole aux flammes populaires

Et vengent, dans un jour, plusieurs siècles d'affronts,

D'anathême et de boue on accable leurs fronts.

Est-ce juste? pourquoi provoquez-vous la crise

Si vous ne voulez pas que la force vous brise?

MOI.

Il vaut mieux se prêter un appui mutuel.

Est-il des parias dans le siècle actuel?

Au lieu de ressasser les harangues étiques

Que jettent aux partis les phraseurs politiques,

Aidez-nous à baser sur leurs fondements vrais

La morale et la foi, sources de tout progrès.

Quand vous aurez brisé dans votre imprévoyance
Le réseau de vertu que tresse la croyance,
Quel frein trouverez-vous contre les passions
Qui couvent dans le cœur des populations?
Vous exaltez le bien : et je vous vois sans force
Pour repousser du mal l'insidieuse amorce.
Vous rêvez le bonheur : et vous n'avez d'encens
Que pour les voluptés qui dégradent les sens.
Vous voulez être égaux : et tout, dans la nature,
De l'inégalité vous offre la peinture :
Fous, caressez des vœux par la haine conçus,
Sages, abjurez les pour n'être point déçus.

LE MÉCONTENT.

C'est juste, abjurez tout ; ou, factions conquises,
Préparez-vous à voir Cayenne et les Marquises :
Pays délicieux, où l'homme primitif
Fait cuire son semblable et le mange en rosbif.

MOI.

L'hyperbole à l'oreille avec pompe résonne,
Mais à Cayenne encore on n'a mangé personne.

Auriez-vous préféré que sur votre parti
Un bras omnipotent se fût apesanti?
Qu'il eût vengé sur vous les tristes saturnales
Des monstres dont la vie a souillé nos annales :
Tigres, qui promulguaient leurs décrets assassins,
Aux éclats de la foudre, au branle des tocsins,
Et dont le souvenir — funèbre météore —
Après soixante hivers nous épouvante encore?

LE MÉCONTENT.

Ah! l'on avait assez formulé d'humbles vœux;
Las d'implorer en vain, le peuple dit: « je veux ! — »
Et son souffle bientôt peut réveiller la braise
Des flammes que sur vous jeta quatre-vingt-treize.

MOI.

Et nous pouvons revoir sur leurs tréteaux moqués,
Hurler d'autres pantins en Lycurgue masqués!

Guerre! guerre aux fauteurs de discordes civiles,
Apôtres de mensonge et de passions viles,

Qui, d'une ère de sang glorifiant le deuil,

Jettent sur notre époque un dédaigneux coup d'œil,

Et prophétisent l'heure où de nouveaux cerbères

Viendront japper aux morts pendus aux réverbères !

Hélas ! assez de pleurs ont obscurci nos yeux

Depuis que la révolte a pris sa place aux cieux !

Nous faudra-t-il encor sous les fourches caudines

Ployer honteusement nos têtes citadines ;

Voir écumer ces flots d'abruptes passions

Qui laissent tant de deuil au cœur des nations ;

Ouïr ces rauques bruits de populace armée

Se ruant des faubourgs sur la ville alarmée,

Et pour revendiquer de chimériques droits

Mêlant ses cris de guerre aux clameurs des beffrois ?

Nous faudra-t-il revoir ces jours d'horrible crise

Où du sol lézardé la croûte enfin se brise ?

Où des flancs entr'ouverts du cratère fumant

Sort en lave maudite un long embrasement ?

Non ! Dieu ne voudra point qu'en ce chaos immonde

Un peuple entier périsse à la face du monde :

Il fléchira le cœur de ces mortels ardents

Qui vivent pleins de rage et le blasphême aux dents.

Alors ces horizons qu'un voile épais dérobe

Comme un immense dais s'étendront sur le globe.

Des haines du passé perdant le souvenir,

Les peuples n'auront plus de voix que pour bénir ;

Et ces terrestres voix aux chœurs des cieux unies,

Ruisselant dans l'espace inondé d'harmonies,

Feront d'un pôle à l'autre entendre ce concert :

Gloire au souverain Juge, et paix à qui le sert !

DOUTE ET FOI.

Le doute est utile dans les sciences;
mais en morale et en religion, il est
le poison de l'ame.
                    (CHATEAUBRIAND.)

I.

S'il est vrai que tu sois, principe de tout être,
Règle du mouvement, loi de cet univers,
Toi que l'homme incertain, sous les climats divers
Adore comme un père, ou maudit comme un maître,

Toi qu'il connaît à peine et qu'il veut définir,
Affranchis mon esprit de sa lutte mortelle :
Au corps qui se dissout notre ame survit-elle ?
Pour nous, après la vie, est-il un avenir ?

II.

Regarde : tous les ans la nature abandonne
Aux vents impétueux déchaînés par l'automne
De son front attristé les ornements pâlis ;
Tous les ans le zéphir de roses et de lis
Du printemps qui s'éveille enrichit la couronne.
Et moi, comme le sol dois-je aussi rajeunir ?
Quand j'aurai dépouillé l'enveloppe de fange,

Vivrai-je, pur esprit, sous la forme d'un ange?

Mourrai-je tout entier, sans espoir d'avenir?

III.

Naguère, hélas! couchés sur le lit d'agonie,

Deux amants s'éteignaient comme un flambeau des cieux.

De leurs tristes baisers j'écoutais l'harmonie:

Leur bouche, en exhalant les suprêmes adieux,

Parlait de se revoir dans la cité bénie

Où ne règne aucun trouble, où l'on s'aime toujours;

Et, prêts à s'envoler vers la sphère infinie,

Ils se juraient tous deux d'éternelles amours.

Et moi, j'épiais l'heure où, pesante et glacée,

La mort, accomplissant leur dernière pensée,

Contre des jours sans fin échangerait leurs jours.

— « Peut-être, me disais-je, un souffle, une étincelle

« Viendra me révéler cette vie immortelle,

« Cette vie où tous deux doivent se réunir.... » —

Mais ils étaient glacés ! Et sur leurs traits livides

Restaient fixés en vain mes yeux toujours avides :

Rien ne m'avait appris qu'il fût un avenir !

IV.

Comme le nautonier qui sur les mers du Pôle

Aux rapides courants disputant son vaisseau,

Les yeux tendus sur l'onde, au ciel, vers sa boussole,

A travers les glaçons cherche un monde nouveau,

Je vais, interrogeant les sages de la terre,

Les lois du firmament, les feux de l'horizon,

Implorant, nuit et jour, un rayon qui m'éclaire

Dans l'abîme où se perd cet effrayant mystère:

Et rien n'a pu convaincre ou guider ma raison.

Aussi, parfois lassé de lire au même livre,

J'appelle de mes vœux l'heure qui nous délivre;

Puis, comme épouvanté de ce désir mauvais,

J'embrasse l'idéal des jours que je rêvais.

Car Dieu ne laisse point, scellée au cimetière,

L'ame, cet œil de feu qui perce la matière,

Et qui nous éclairant, quand le zénith est noir,

Illumine nos jours des rayons de l'espoir.

Le sceptique endurci, niant tout par système,

D'arguments captieux, en vain, brode son thème

Pour me prouver que tout à la mort doit finir:

Il est au fond de nous une secrète essence,

Un occulte pouvoir qu'on ne peut définir,

Tocsin mystérieux de notre conscience,

9

Intelligent éclair de ce foyer immense
Qui, rayonnant du ciel, au ciel doit revenir.
En vain sur lui la mort essaîrait sa puissance,
Pour nous, pour la pensée, il est un avenir!

V.

Oui, tout l'annonce à l'homme et son cœur le proclame.
Etouffe donc le ver qui te ronge, ô mon ame!
Et comme aux jours où l'ange, une harpe à la main,
De sons mélodieux parfumait ton chemin,
Ecoute cette voix qui, dominant la terre,
Des saintes voluptés célèbre le mystère.
Quand le ciel à ta vue a borné l'horizon,
Pourquoi vouloir sonder la nuit de ta prison?

Ah! loin de t'égarer dans les déserts du doute,
Que la foi de sa flamme illumine ta route.
Prie, espère! et bientôt l'amour que tu ressens,
Libre des feux impurs qui corrodent les sens,
Dépouillant à tes yeux toute forme charnelle,
Initîra ta vie à la vie éternelle.

Sanctuaire où la foi, réfugiant son vol,
Dégage notre esprit des souillures du sol,
Le navire, longtemps battu des flots du monde,
Aime à se reposer dans ton anse profonde.
Ouvre ta rade sûre aux cœurs dans l'abandon,
Et fais tomber sur eux la manne du pardon.
Hélas! les pauvres fleurs au choc des vents brisées
Ont besoin que le ciel leur verse ses rosées :

Alors les visions au visage vermeil

Qui miroitent les jours et bercent le sommeil,

Les tableaux qu'un génie encadre d'épisodes

Pailletés de saphirs et brodés d'émeraudes,

Rêves accidentés qui brillent, tour-à-tour,

Des reflets du printemps, du prisme de l'amour,

Parfums délicieux dont notre ame s'embaume,

Nous envelopperont de leur suave arome ;

Et le bonheur, ce ciel que rien ne doit ternir,

D'enivrements sans fin dotera l'avenir.

L'HIVER.

Vides ut altâ stet nive candidum
Soracte, nec jam sustineant onus
   Sylvæ laborantes, geluque
   Flumina constiterint acuto.

   Le sommet du Soracte blanchit
sous la neige épaisse qui le couvre;
les arbres surchargés soutiennent
avec peine le poids des frimas et le
cours des rivières est suspendu
par la glace.

             (HORACE.)

Tandis que, précurseurs de tempêtes prochaines,

Les vents jusqu'à leur base ont ébranlé les chênes

Et de ces rois des monts dispersent les rameaux,

L'hiver au front de glace, à la barbe neigeuse,

De son urne à torrents verse l'onde orageuse;

Et sa voix prophétique au loin mugit ces mots :

Filles du printemps,

Les soleils torrides

Sur les monts arides

Ont plissé de rides

Vos fronts éclatants ;

Et, comme la laine,

Ma puissante haleine

Roule dans la plaine

Vos débris flottants.

Il disait ; et les vents, des plateaux aux vallées,

Fouettaient le tourbillon des feuilles envolées.

Un jour a flétri

La chlamyde rose

Où, fraîche, repose

La nyctage éclose

Sous un tiède abri,

Et les fleurs vulgaires

Qui peuplaient naguères

Les bords solitaires

Du ruisseau tari.

Et le nord assiégeant les branches flagellées

De rauques aboîments remplissait les vallées.

A vous, aujourd'hui,

Le mur en décombre,

La colline sombre,

Et le bois sans ombre

Que l'automne a fui,

Agarics énormes,

Trémelles informes

Qui sur les vieux ormes

Cherchez un appui.

Et le nord assiégeant les branches flagellées,

De rauques aboîments remplissait les vallées.

Hypnes inconnus,

Phragmides, pezizes

Qu'emportent les bises

Sur les feuilles grises

Dans les sillons nus,

Naissez : voici l'heure

Où la neige effleure

Le chêne qui pleure

Ses rameaux perdus.

· Et la neige tombait, et des monts aux vallées,

Le nord fouettait l'essaim des feuilles envolées.

De mes pics altiers

Embaumez la croupe,

O vous, dont la coupe

Six fois se découpe

En lobes entiers,

Folâtre cortége

Qui viens sous la neige

Des monts que j'assiége

Broder les sentiers.

Et les vents balayaient des plateaux aux vallées,

L'essaim tourbillonnant des feuilles envolées.

Mais bientôt la nature, au signe des Gémeaux,
D'écarlates bourgeons teint le front des ormeaux,
Et l'on sent, par degrés, une haleine plus chaude
Courir dans les sillons estompés d'émeraude.

C'en est fait! c'en est fait! ils ont fui nos climats
    Les autans que l'hiver déchaîne ;
    Et du cortége des frimas
    Avril a balayé la plaine.
    Dans l'air, purgé de froids brouillards,
    Vole une brise salutaire ;
    Et sous nos pas, à nos regards,
    Déjà brillent, de toutes parts,

Les biens confiés à la terre.

La vigne reprend sa fraîcheur ;

De fruits les amandiers se couvrent ;

Et déjà les boutons qui s'ouvrent

Dans le feuillage aux yeux découvrent

Un fruit naissant sous chaque fleur.

PAUVRE VEUVE !

Durum ! sed levius fit patientiâ
Quidquid corrigere est nefas.
C'est cruel ! mais le sort que l'on ne peut changer
Perd de son amertume et semble plus léger.

(HORACE.)

Quand la cloche funèbre ébranlera la voûte

Du temple où le pécheur incline les genoux,

A cet appel d'en haut que votre oreille écoute :
      Pauvre veuve ! recueillez-vous !

Recueillez-vous pour voir au flambeau de votre ame
Reluire ce passé dont l'éclat fut si doux.
Et sous la cendre encor trouvant un peu de flamme,
      Souvenez-vous !

Souvenez-vous de ceux qui dorment sous la pierre
Et qui d'un monde ingrat sont si vite oubliés :
A leurs mânes en deuil offrez-une prière ;
      Priez !

Dieu verse à l'affligé le baume qu'il implore.

Consacrez-lui vos jours : vous les verrez bénir.

Quand la rose n'est plus son parfum vit encore,

Et ce parfum si doux s'appelle : Souvenir.

SOUHAITS.

A MONSIEUR EUGÈNE JOUVE.

Oh! qui me les rendra, ces jours d'ivresse ardente
Où, semant au hasard ma vie indépendante,
Ainsi qu'un brick fantasque à la hâte gréé,
Je m'en allais aux vents tel que Dieu m'a créé,
Eparpillant sans but sur ma brûlante voie
Ces heures de bonheur que le printemps envoie!

Qui me rendra ces nuits de songes bien-aimés,
Limpides réservoirs depuis longtemps fermés,
Où mon ame, bercée au hamac des féeries,
Venait désaltérer sa soif de rêveries,
Et, secouant le joug des terrestres liens,
Parfumait son amour, d'intimes entretiens!
J'étais heureux: les airs modulés par la brise,
Le prisme chatoyant qui sur les fleurs se brise,
Le bêlement lointain des troupeaux attardés,
La chèvre suspendue aux pitons lézardés,
La Vanesse Atalante aux ailes rembrunies
Mêlant son vol agile au vol des Chélonies,
Des frondaisons d'avril les parfums ravissants,
Tout inondait mon être et subjuguait mes sens.

Mais depuis qu'abordant le médical domaine,
Dans le cercle infini de la misère humaine

J'ai vu tourbillonner le spectre des douleurs,

Adieu mes jours peuplés de féerie et de fleurs!

J'ai comparé la vie et sa joie imparfaite

Au triste cimetière où brille un air de fête.

Là, les dais verdoyants, l'or, les marbres sculptés

Semblent inviter l'ame aux douces voluptés;

On aime à s'égarer dans ces paisibles rues

Que notre pied distrait vingt fois a parcourues;

A s'enfoncer, rêveur, sous les épais massifs

Où les branches des pins s'entrelacent aux ifs;

A suivre au loin de l'œil ce méandre d'allées

Que brode un double rang de pierres ciselées:

Sainte nécropolis, silencieux enclos

D'où s'élèvent parfois des cris et des sanglots!...

Mais si votre œil soudain plongeant dans leurs ténèbres

Explore de ces lieux les cavités funèbres,

Si vous fouillez ce champ qu'habite la terreur,
Vous reculez, saisi d'une indicible horreur :
Au lieu de cet or pur qui se marie aux marbres,
De ces rayons du ciel glissant entre les arbres,
De ces dômes fleuris que prodigua l'orgueil,
Partout, partout le ver, hôte impur du cercueil !
Les détritus poudreux de cadavres livides,
Spectres à forme humaine avec des crânes vides,
Les sanieux lambeaux que la fange a souillés,
Les pâles ossements à demi dépouillés,
Et cet air qui du cœur sollicitant le spasme,
S'exhale du sépulcre en putride miasme.

Eh bien ! l'extérieur de la société
Ce sont les monuments qu'élève la fierté,

Les tourbillons fiévreux des fêtes convulsives
Qui roulent dans leurs flots tant d'images lascives,
Et ces festins où l'ame et l'esprit déridés
Se dilatent au feu des vins longtemps gardés.
L'obscure profondeur des voûtes sépulchrales
Ce sont les hôpitaux avec leurs bruits de râles,
La mansarde où, veillant cloué sur un grabat,
Avec le désespoir le pauvre se débat,
Méphytique séjour d'angoisse et de misères
Où règne avec la faim l'escorte des ulcères,
Où les gaz saturés de principes impurs,
En morbides vapeurs se dégagent des murs.

Oh! si j'avais la voix de nos divins poètes,
Pour peindre cet enfer de tortures muettes,

Cet abîme éternel d'inextinguibles maux,
De mes lèvres de feu ruisselleraient les mots!
J'emploîrais, tour-à-tour, l'ardente métaphore
Illuminant l'esprit comme un jet de phosphore,
La strophe sibylline, et les rhythmes brûlants
Qui jaillissent de l'ame en sublimes élans.
Et peut-être qu'alors, des mortels entendue,
Ma prophétique voix ne serait pas perdue!
Peut-être qu'attendris à mes vibrants accords,
Du drame famélique affranchissant le corps,
Ceux qui trônent par droit de primogéniture
Ou du champ-clos du vote ont surgi par bouture,
Comme notre Empereur, des biens que Dieu départ
Émietteraient sur tous la salutaire part,
Rompraient le cadenas des puits que leur main scelle
Pour étancher nos soifs de paix universelle,
Et des fusils guerriers croisant les vieux faisceaux
Rafraîchiraient nos fronts de verdoyants arceaux!

Alors nos yèux verraient briller enfin cette ère
Que l'Homme-Dieu promit aux enfants de la terre :
Sainte communion d'êtres déshérités,
Principes d'avenir, tant de fois avortés,
Baptême qui, lavant la tache originelle,
Nous purifie aux flots de source fraternelle,
Et dépouillant nos cœurs de tout impur levain
A l'amour d'ici-bas prête un cachet divin.
Viennent, viennent ces temps d'heureuses destinées
Où tant de nations au malheur condamnées
Verront briller enfin sur le zénith du ciel
De leur rédemption le signe officiel !
Alors les rêves purs qui dérident les lèvres
Succèderont aux nuits de délirantes fièvres,
Et, brisant le boisseau sur le talent jeté,
Où l'on disait ténèbre, on répondra clarté !!!

A M. ALPHONSE BALLEYDIER.

... O, quæ fontibus integris
Gaudes, apricos necte flores,
Necte meo Lamiæ coronam,
Pimplœa dulcis!

Muse charmante, qui te plais au
bord d'une claire fontaine, cueille
les plus belles fleurs, et fais-en une
couronne à mon cher Lamia.
(HORACE.)

Voici le mois, Alphonse, où, triste et monotone,
Par les bois dépouillés, siffle le vent d'automne,
L'atmosphère, pareille au front blanc des vieillards,
S'accroupit sur les monts couronnés de brouillards;

11

Et les flots engourdis de la Saône qui fume

Montent, vaporisés en panaches de brume.

C'est l'époque où l'auteur près du poële allumé,

Effeuille de ses jours le souvenir aimé,

S'enivrant au parfum de ce passé limpide,

Si riche d'espérance, hélas! et si rapide!...

O mes illusions! essaims capricieux

Qui d'un Eden féerique éblouissiez mes yeux;

Vierges, que je berçais, folles et curieuses,

Sous notre zone bleue aux coupoles rieuses,

Vous étiez mes amours! J'aurais donné pour vous

Des roses de Pœstum les parfums les plus doux;

L'extase dont jadis s'enivra la paupière

Du fils de Zébédée et de l'apôtre Pierre,

Quand sur les bleus sommets de l'aride Thabor

Dieu visita son fils dans un nuage d'or.

J'aurais donné l'éclair des pierres qu'on admire,

Les merveilleux tissus, présents de Cachemire,

Et ces trésors que, loin de tout regard humain,

Les djinns mystérieux couvent dans l'Yémen.

Mais comme par la nuit l'éclat du jour se voile,

Des splendeurs de mon ciel j'ai vu pâlir l'étoile;

Mes pieds se sont meurtris à des chemins mauvais,

Et je marche au hasard, sans me dire où je vais.

Cependant je n'ai pas à des beautés vénales

Egréné de mon cœur les perles virginales.

A M. ALPHONSE BALLEYDIER.

Je n'ai pas, comme Alfred, en des nuits de sérail,

Jaspé d'ardents baisers leurs lèvres de corail,

Puis chanté, le matin : - Qu'importe où l'on s'abreuve?

Les vins sont-ils meilleurs dans une coupe neuve?

Qu'importe que la table où je m'asseois, enfin,

Ait d'un autre passant rassasié la faim?

C'est mon tour aujourd'hui! Le hasard nous entraîne,

Et la mort vers nos seuils marche à pas de géant.

Je bois à toi, Phryné, ma volage syrène :

Hors l'ivresse et l'amour, tout est vide et néant!

Coupable envers le ciel d'ingrate indifférence,

Je n'ai point dit au cœur brisé par la souffrance :

— Blasphême Dieu! — J'ai dit: Espère en sa bonté;
    L'infortune a l'aile de l'aigle.
Il vaut mieux un cœur pur, avec du pain de seigle,
Que le froment du riche, avec l'iniquité!

Je n'ai pas, comme Job dans son angoisse amère,
Apostrophé le ciel qui féconda ma mère;
Ni pour d'autres que Dieu fait fumer l'encensoir.
A celui que la faim condamne à se soumettre
    Je n'ai pas dit: « Maudis ton maître! »
    J'ai dit: « Travaille, attends le soir. — »

Et le soir est venu, noir comme de coutume,

Sans adoucir, hélas! sa coupe d'amertume,

Sans soulever le poids dont il est accablé.

Et le Seigneur, toujours armé de sa colère,

    L'a flagellé comme dans l'aire

Le fléau du batteur fouette l'épi de blé.

La vie est une épreuve et non pas un supplice.

Oh! fais-lui de ses maux déposer le cilice,

Dieu juste; ou par pitié, qu'un souffle destructeur

    Limite son pèlerinage,

    Et le roule sur son passage

    Comme la tente du pasteur.

Pourquoi dans les tourments le condamner à vivre?

Que d'un présent amer ta bonté le délivre!

La mort est douce à ceux qui s'abreuvent de fiel.

    Quand une fois l'ame est flétrie,

Elle tourne les yeux vers une autre patrie,

    Et cette patrie est le ciel!

AUX DÉSŒUVRÉS.

L'amour est l'occupation des
désœuvrés.

(DIOGÈNE.)

Quand l'hiver a fini les jours de folle joie

Où dans ses voluptés l'opulence vous noie,

Où l'excès du plaisir rend le cœur engourdi,

Il vous faut une place, à vous! heureux du monde,
Sous le ciel des villas que tiédit et féconde
    L'haleine douce du midi!

Il vous faut la pelouse aux molles graminées,
Ses gazons de velours et ses fleurs satinées,
    Le bruit harmonieux des eaux,
Les dômes de feuillage où le soleil se brise,
Et les rêves du soir au souffle de la brise,
    Plaintive, à travers les roseaux!

Il vous faut, de la grotte où pend la doradille,
Voir tomber le reflet qui poudroie et scintille
    A l'horizon luxuriant;

Ecouter le bouvreuil, caché sous le vieil orme;
Il vous faut, dans vos bras, une femme qui dorme
    Ou vous regarde en souriant.

Et si votre œil blasé demande à d'autres terres
Les odorants tributs qu'attendent vos parterres,
    Simples, ravis au sol natal,
L'art offre à vos ennuis ses heureuses conquêtes,
Et ses milliers de fleurs, suaves ou coquettes,
    Que doit abriter le cristal.

Mais vous faut-il, à pied, par un soleil torride,
Parcourir les sentiers de la montagne aride,
Dérober aux buissons leurs épineux secrets?

La nature, en ces lieux, de richesses prodigue,

Ne saurait vous payer une heure de fatigue,

    Et ses beautés n'ont plus d'attraits.

O désœuvrés, debout! sur les tièdes collines

Où luisent du mica les veines cristallines,

Dans la vallée ombreuse, aux versants des coteaux

Que Flore par milliers peupla de végétaux,

Sur les monts, couronnés d'yeuse et de charmille,

Venez voir des Orchis l'élégante famille :

Êtres indépendants qui, semés au hasard,

Prospèrent loin de nous sans culture et sans art,

Et que de nos jardins le despotique maître

A vivre sous ses lois n'a jamais pu soumettre.

Comme l'oiseau royal du sombre Hymalaya,

Ils languissent aux lieux que la herse fraya,

Ou meurent, dédaignant les faveurs corruptrices

Que leur imposeraient nos goûts et nos caprices.

Ouvrez à l'agapanthe, au lis voluptueux

Vos prisons de cristal, vos Edens fastueux;

Que l'exotique fleur, courtisane émérite,

Coule dans vos salons ses jours de sybarite:

Ces esclaves, rivaux de grace ou de beauté,
Vous ont depuis mille ans vendu leur liberté.
Mais, fière sur les monts, la tribu des Orchides
Rejette de vos soins les voluptés perfides :
De tous les végétaux dont Mai voit les couleurs
Etinceler au front de la reine des fleurs,
De tous ceux qui, jetés sur la face du globe,
Captivent nos regards par l'éclat de leur robe,
Aucun ne les surpasse ; et des traits bien tranchés
Distinguent la famille où tous sont rattachés.

D'un éperon l'Orchis arme son périgone,
L'Ophrys épanouit sa fleur en polygone ;

Et, sur un tablier bizarrement fendu,

Tantôt il aime à peindre un homme suspendu,

Tantôt d'une araignée il revêt la cuirasse,

Et tantôt d'une abeille il imite la grace.

Quelquefois les segments de ses lobes oblongs

Se coupent en miroirs, en mouches, en frelons :

Mais quel que soit son port, sa feuille ou sa couronne,

Son tablier soyeux jamais ne s'éperonne.

Oh ! si j'étais Rousseau, ce lumineux hasard

Qui peint d'après nature et nous instruit sans art,

Je voudrais, m'enivrant d'une étude embaumée,

Vous expliquer à fond cette science aimée.

Mais dois-je, après le sort de Delille et Castel,

Tenter de rajeunir ce sujet immortel,

Et comme eux, grimaçant un glacial délire,

N'enseigner rien à ceux qui daigneraient me lire ?

Non ! je provoquerais d'universels dédains ;

Et les mots qu'adopta la reine des jardins,

Comme des criminels cités à votre barre,

Seraient flétris, chacun, du titre de barbare.

Qu'un autre, moins craintif, ose exposer en vers

Des organes floraux les attributs divers,

Dire par quel instinct l'amoureuse étamine

Se redresse au niveau du pistil qui s'incline,

Et, dans un long baiser accomplissant l'hymen,

Sur le stigmate ouvert dépose le pollen.

Moi qui, vingt ans nourri du style botanique,

Connais l'étrangeté du langage technique,

Je ne veux pas l'offrir à votre esprit mordant
De grec et de latin bourré comme un pédant.

Au bord de ce marais où l'Hottone qui plonge
Comme un voile flottant se relève et s'allonge,
La Lysimaque aux airs déroule le trésor
De son thyrse où s'étage un essaim de fleurs d'or.
Plus commune, sa sœur que juin a réchauffée
De panaches fleuris a la tête coiffée ;
Et là, presque immortels, les deux Anagallis
Réparant chaque jour leurs calices pâlis,
Jusqu'à l'aube frileuse où la neige voltige
D'impérissables fleurs embelliront leur tige :

L'un rayonne, paré du carmin le plus pur,

L'autre à l'éclat du ciel emprunte son azur.

Végétaux herbacés, mais presque tous vivaces,

Ils ont franchi l'hiver sans mourir sous ses glaces,

Et les premiers, rompant un pénible sommeil,

Salué du zéphyr le visage vermeil.

Cinq pétales égaux, un calice à cinq lobes

Fendent presque en entier leurs élégantes robes.

La Trientale, seule, et le Centunculus

Dédaignent cette loi dont ils se sont exclus.

Mais ils n'habitent point les humides campagnes

Dont Pilat a zébré sa chaîne de montagnes.

Là bas, dans ce vallon plus noir qu'un bois sacré

Où les feux du soleil n'ont jamais pénétré,

L'Oronge des gourmets, dont la beauté nous flatte,
Étale avec orgueil sa tunique écarlate.
Ses feux, ses lois, ses mœurs, son berceau, quels sont-ils?
Où brûle l'étamine? où siègent les pistils?
Soit que ses frères nains rongent la feuille morte
Que le souffle des vents par les forêts emporte,
Soit que des troncs pourris, superbes habitants,
Ils dressent vers le ciel leurs chapeaux éclatants,
Sur les êtres confus de cet immense groupe
Vainement la science a promené sa loupe:
De l'Agaric géant au Botrite ombellé,
Rien! rien de leurs amours ne nous fut révélé.

Ainsi des grandes lois qui régissent le globe,
Toujours quelque problème à nos yeux se dérobe.

A saisir les rapports l'esprit s'épuise en vain :
Une énygme sans mot reste au livre divin.
Et le savant, perdu dans la nuit des systèmes,
Tournant, sans les résoudre, autour de ces problèmes,
L'œil et les sens faussés par un verre trompeur,
Va de l'erreur au doute, et du doute à l'erreur.

Mais quittons le rivage où la Saône féconde
En gracieux détours roule sa vague blonde.
La nature a perdu l'éclat de ses couleurs,
Ses cantiques d'oiseaux, sa parure de fleurs.
Il est tard... le soleil sous les nuages plonge,
Et l'ombre des forêts sur les plaines s'allonge.

TANT PIS, TANT MIEUX.

Souvent, en voulant aller de mieux
en mieux, on va de mal en pis.
(MERCIER.)

MOI

Le prétendu d'hier devient époux demain?

LUI.

C'est décidé!

MOI.

Tant pis : tu fais une folie.

LUI.

Tant mieux : car la future est aimable et jolie.

MOI.

Tant pis ! trop de beauté nuit souvent en hymen.
De pauvres Ménélas les histoires sont pleines :
Pour une Pénélope on trouve cent Hélènes.

LUI.

Ma foi, j'aurai toujours de quoi me consoler :
Quatre maisons pour dot.

MOI.

Le feu peut les brûler.

LUI.

Contre un pareil malheur il est des garanties...

MOI.

A d'éternels débats condamnant les parties.

LUI.

On plaide...

MOI.

Et les procès dévorent votre bien.

LUI.

Quand une cause est juste, on ne redoute rien.

MOI.

Prends garde! la chicane a bien des subterfuges.

LUI.

J'aurai le droit pour moi.

MOI.

D'autres auront les juges.
Alors si des galants l'audacieux essaim
Sème chez toi les fruits d'un amoureux larcin;
Si, contre un joug sacré ta femme se révolte....

LUI.

J'entends : c'est pour l'époux que sera la récolte...
O honte! et je verrais les frelons suborneurs
Souiller de leur contact ma ruche de bonheurs !
Ils puiseraient à flots la volupté de vivre
Dans ces rayons d'amour dont le nectar enivre !
Non : je vous garderai, trésors délicieux,
Vous qui m'initiez aux extases des cieux,
Et couronnant mes jours de roses parfumées,
Peuplez mon célibat de visions aimées.

MOI.

A la bonne heure.

LUI.

Nul, de rameaux insultants
N'ombragera mon front, respecté quarante ans.
Nul ne viendra greffer sur l'arbre solitaire
Le parasite jet issu d'un adultère.

MOI.

Ainsi fortune, hymen...

LUI.

Abjurés sans retour.

MOI.

C'est tant pis pour la dot!

LUI.

C'est tant mieux pour l'amour!

OVIDIENNE.

A MON AMI VICTOR VIARD.

I.

Hâtez-vous, pêcheurs intrépides,
Détachez le grappin mordant,
Rendez la voile aux vents rapides,
Livrez la rame au flot grondant :

Hâtez-vous! hâtez-vous! le ciel va se dissoudre;

Et déjà les éclairs, précurseurs de la foudre,

De losanges de feu déchirent l'air ardent.

O malheur! la tempête ailée

A fait mugir sa grande voix,

Et sur la vague échevelée

Les vents se couchent à la fois.

Bacchante se tordant avec un bruit sauvage,

Voyez l'onde bondir et mordre le rivage

Qu'elle inonde d'écume, et creuse de son poids.

Jouets de l'orageuse crise,

Les nuages, crevant en liquides bouillons,

Au gré de l'ouragan qui les fouette et les brise

Précipitent leurs bataillons ;

La mer se creuse en gouffre, en montagne se dresse,

Et sans trêve assiégeant le vaisseau qu'elle presse

L'engloutit dans ses tourbillons.

II.

Hélas ! toute la nuit qui suivit ce naufrage

On entendit rugir les cent voix de l'orage,

Et les vents dans les airs se heurter en courroux.

Puis, quand l'aube dora le sommet des collines,

Sur la grève où mouraient les vagues cristallines

Un enfant priait à genoux.

III.

O vous, en qui mon ame espère,

Dieu tout-puissant, veillez sur lui :

A mon amour rendez un père,

A mes pas rendez un appui.

Des parents que la mort retranche,
Seul, il veilla sur mon berceau.
C'est la source où ma soif s'étanche,
C'est l'arbre dont je suis la branche :
Pitié pour l'arbre et le ruisseau !

En proie à ma douleur amère
Sans soutien que ferais-je ici !
Hélas ! je n'avais plus de mère :
N'aurai-je plus de père, aussi ?

Orphelin, j'ai besoin pour vivre
D'être entouré de soins pieux.
La tendresse d'un père énivre :
Oh! rendez-moi mon père, ou laissez-moi le suivre!
Que son fils le rejoigne aux cieux.

IV.

L'infortuné disait; et des larmes nacrées
Ruisselaient de ses yeux sur des fleurs échancrées ;
Et ces fleurs aussitôt en perles se changeaient.
Et ses cheveux bouclés, tombant sur son épaule,
Au souffle du zéphir qui mollement les frôle
En feuilles grêles s'allongeaient.

Et l'enfant n'était plus qu'un végétal débile
Fixant au sable amer sa racine immobile,
Des ondes et des vents tour à tour assiégé.
Et celui qu'appelait sa tendresse inquiète,
Sur les galets du bord jeté par la tempête
En plante également avait été changé!...

L'OCCITANIE.

A JEAN REBOUL.

Lorsque sous notre ciel mon ame balancée
Comme un sylphe ravi promène sa pensée,
Quand je rêve de toi, des lieux que nous aimons,
Du parfum que les fleurs exhalent sur nos monts,

14

Soudain le souvenir, étincelle électrique,

Allume dans mon sein le flambeau poétique ;

Et mon esprit refait les jours accidentés

Que je peuplais, enfant, de songes enchantés.

Ni la rive fleurie où la Saône dormante

Au Rhône impétueux unit sa vague aimante,

Ni l'immense Babel où se heurtent sans fin

Les chants de la discorde et les cris de la faim,

Ni les airs embaumés des parfums du Salève,

Ni le flot amoureux qui caresse Genève,

N'ont banni de mon cœur l'odorant souvenir
De ces jours qui devaient, hélas! trop tôt finir.

Oh! Reboul, ne va point sur la foi d'une étoile
Au souffle du hasard abandonner ta voile :
Laisse couler au sein de nos tièdes vallons
Ces moments de bonheur que Dieu t'a fait si longs ;
Et des vieux Troubadours évoquant le génie,
Célèbre dans tes vers l'heureuse Occitanie.
Elle a, pour inspirer des chants délicieux,
Tout ce qui frappe l'ame et réjouit les yeux.

Si du côté du sud ton oreille s'incline,

Montpellier, qui s'étage au flanc d'une colline,

Jusqu'à toi de ses bruits portera les échos.

Montpellier orgueilleux d'avoir effacé Cos,

Orgueilleux des jardins qu'un tiède soleil dore,

Où tous les végétaux, chers au dieu d'Epidaure,

Des quatre points du globe accourus et classés,

Croissent en oubliant l'air qui les a bercés.

Mais l'inspiration dans Nîme est plus féconde;

Lui dont le riche sol, quand la bêche le sonde,

Étale avec orgueil au savant studieux

Ses fragments de palais et ses restes de dieux;

Lui, qui fit oublier aux fils de Parthénope

Les nymphes de Blanduse et le ciel de Canope.

Comme Rome sa mère, avant de sommeiller,
Nîme comptait aussi sept monts pour oreiller,
Des temples à César, des autels à Plotine,
Un xyste où bondissait la jeunesse latine,
L'odorante nymphée aux bains voluptueux
Que Flore environnait de jardins fastueux,
Et ce Panthéon vide où, courtisane immonde,
Rome ouvrait un asile à tous les dieux du monde.

J'aime à fouler la place où, sous terre enfouis,
Ses chapiteaux brisés se sont évanouis,
Et d'une voix timide aux blocs des cénotaphes
Épeler en latin les vieilles épitaphes.
J'aime à voir s'élever, dix fois triple soutien,
La colonne échappée au ciseau corinthien

Qui porte dans les airs en ordre symétrique

Le quarré gracieux d'un palais sylphirique :

Mystérieux travail, édifice sans nom,

Basilique, tombeau, capitole ou Forum,

Quel que fût son destin sous les dieux de l'empire,

N'importe ! il est debout, et le monde l'admire.

Quel est ce monument assis sur le chemin ?

C'est le cirque où, captifs, le Dace et le Germain

S'attaquaient, s'égorgeaient, versaient leur sang d'esclaves,

Sans qu'un mot de pitié sortît des laticlaves.

Là, plus tard, quand Néron voulait anéantir

Par la main des bourreaux l'œuvre du Dieu martyr,

Les pasteurs, entourés de leurs cathécumènes,

Succombaient sous les yeux des vestales romaines,

Demandant au Seigneur ce courage d'airain

Qui fait devant la mort marcher d'un front serein.

Leur ame se fondait dans la même prière ;

Et Dieu les exauça ; car nul, dans la carrière,

Sous la verge de fer, alors qu'il expirait,

Ne renia le Christ, pour lequel il mourait.

Et s'ils ont triomphé des vampires du monde,

Si Rome sous leurs pieds courba sa tête immonde,

C'est que ces hommes forts, esclaves de la loi,

Étaient unis en Dieu par l'amour et la foi.

C'étaient là de beaux jours !... la plèbe souveraine

Pouvait bien les jeter aux lions de l'arène :

Les vaincus de l'arène, ainsi qu'il est écrit,
Mouraient devant César pour renaître dans Christ!

Mais détournons les yeux de ces barbares scènes.
Il est d'autres tableaux sur les monts des Cévennes,
Ces lieux encor peuplés de souvenirs lointains
Dérouleront pour toi leurs fastes puritains;
Ils te diront les jours où la Rome des Gaules
Voyait ses montagnards aux robustes épaules,
Invoquant l'Esprit saint qu'ils ne comprenaient pas,
Dans ses champs dévastés précipiter leurs pas.
Ils te diront les bois où sous l'ombre des hêtres
Les bergers s'enivraient de voluptés champêtres;

L'air que chantait Estelle aux échos du Gardon ;

La grotte harmonieuse où, nouveau Coridon,

Némorin du regard suivait dans l'étendue

Aux rochers buissonneux la chèvre suspendue ;

Et les mille trésors du ciel luxuriant

Qu'à force d'art, peut-être, a gâté Florian.

Mais ne l'accuse pas si sa main trop savante

A mignardé Virgile et mutilé Cervante :

Ses gracieux tableaux, esquissés sans vigueur,

S'ils pêchent par le goût font palpiter le cœur.

Aussi, quand les zéphirs fécondant la nature
Rendent à ces vallons leur robe de verdure,
Heureux qui, fatigué de vulgaires plaisirs,
Sur les bords qu'il aimait égare ses loisirs !
Heureux qui sur ces monts à la croupe hardie,
Tout en lui pardonnant, refait son Arcadie ;
Et, mollement couché sous les ombrages verts,
Sommeille au bruit des eaux, de la lyre et des vers.

A M. LOUIS DUVIARD,

MON CONFRÈRE ET MON AMI.

Louis, vous avez lu cent fois, dans la Genèse,
Comment le diable un jour, désertant sa fournaise,
Sous les traits du serpent qui flatta le premier,
Perdit notre mère Ève à propos d'un pommier :
Eh bien ! ce mythe-là, parabole éternelle
Qui retrace aux enfants la chûte paternelle ;

Ce drame si naïf, si plein de vérité,

Qui rendit grand Milton pour l'avoir imité,

Aux quatre points du sol, dupé, cherchant des dupes,

Chacun de nous le joue en frac ou sous les jupes.

L'homme, serpent flatteur qu'un flatteur a perdu,

S'il osait à ce point se moquer d'un tondu,

Lui persuaderait qu'il voit en pyramide

Une forêt de poils ombrer son crâne humide.

Et le tondu loué, simple comme au hameau,

Irait se ruinant en moelle de chameau,

Et fumerait, six mois, dans leurs parois osseuses,

De ses cheveux absents les bulbes paresseuses.

Ainsi fait de Jourdan le mensonge flatteur :

Dans votre esprit crédule il me pose en auteur ;

Et sur ce, vous voulez qu'en syllabes pareilles

Mon satirique vers chatouille vos oreilles.

Je voudrais de grand cœur souscrire à ce dessein :

Le puis-je, quand la verve est morte dans mon sein ?

Quand l'Esprit familier que j'invoque, me raille

Comme un Tartare au pied de la grande muraille

Semble admirer, d'un air ironique et sournois,

Le vieux palladium des monarques chinois,

Et dire au mandarin qui les garde en silence :

Ces forts, si je voulais, tomberaient sous ma lance.

Mais j'attends pour franchir ce dérisoire mur

L'impériale voix de Gengis ou Timur. — »

Que faire ? cette nuit, vingt fois, par escalade,

J'ai tenté d'enlever la sainte barricade ;

Et vingt fois le démon, qui toujours me poursuit,

A tué le matin mes rêves de la nuit.

Dans quel broc de Sauterne ou de Côte-Rôtie

Avez-vous donc noyé ma tête appesantie?

La plume depuis lors m'échappe de la main,

Et je me sens le cœur sec comme un parchemin.

Ce parfum de gaîté, d'esprit et d'épigramme

Dont vous m'avez tracé l'harmonieux programme,

Comment l'exhalerai-je, alors que, sans vigueur,

Sur mon pupitre ouvert je tombe de langueur?

Ah! je voudrais en vain d'une voix emphatique

Exercer contre vous ma plume de critique :

Le trait est impossible aux cœurs comme le mien

Quand à se l'attirer on ne présente rien.

L'artiste qui s'estime et veut qu'on lui pardonne,

Doit toujours être vrai dans les portraits qu'il donne :

Alors son épigramme, en les visant au front,

Laisse au but qu'elle frappe un stigmate profond.

Vous verrez, si jamais j'escalade la brèche,

La plume entre mes doigts flamber comme une mèche.

A grands coups de tenaille, à grands coups de marteau,

J'incrusterai le vice à l'infamant poteau

Et ne m'arrêterai qu'après la bête morte.

Le Juvénal moderne agissait de la sorte

Lorsqu'il apostrophait les pervers d'aujourd'hui.

On aura beau crier, je ferai comme lui !

Boileau n'est qu'un menteur quand il ose nous dire :

J'appelle un chat un chat et Rollet un fripon.

Relisez ce flatteur qui vécut de médire :
Son vers le plus mordant est du sucre en bonbon.
Quand on veut souffleter, vertubleu! l'on soufflète
Sur la face, à deux mains, sans trêve ni repos.
Qu'importe que le vers soit sec comme un squelette
Pourvu qu'il frappe juste et surtout à propos ?
A force de pudeur, de goût et d'atticisme,
Nous risquons d'arriver à n'avoir plus un mot
Dont nous puissions user sans friser le cynisme
Ou déchirer l'oreille aux dames comme il faut :
Duviard, c'est pousser trop loin le rigorisme.

Je ne demande pas qu'un ordre officiel,
Émané du Pouvoir ou de l'Académie,

Autorise les mots qui sentent l'infamie

Et qu'aux juifs de son temps parlait Ezéchiel.

Non : mais j'en vois beaucoup dans Régnier, dans Molière

Dont la naïveté vaut cent mille fois mieux

Que ce genre mignard, ces termes précieux

Dûs au fade jargon de la tourbe écolière.

Entre nous, dites-moi, sommes-nous plus décents

Depuis que pour nommer la plus simple des choses

Nous nous servons de mots trempés dans l'eau de roses,

Ou que nous employons le sens à contresens ?

Hélas ! non. Je ne sais, au juste, à quelle page

Rousseau le genevois dit qu'un peuple blasé

Fignole d'autant plus son style et son langage

Qu'il est plus corrompu, plus fourbe et plus rusé.

Je confesse que plus je songe à ce passage,

Plus je vois que Rousseau ne s'est point abusé.

Si vous étiez de ceux dont le cerveau travaille

A s'acquérir un nom, n'importe à quels dépens;

De ceux qui de placards barbouillent la muraille

Ou jettent sur autrui leur bave de serpents,

Mon vers accusateur, vous clouant à la roue,

Vous y disloquerait des talons à la joue

Jusqu'à ce qu'on ouït: — « Assez! je me repens! — »

Mais grace à Dieu, le sort vous a fait d'une trempe

Au-dessus de la sphère où la vermine rampe.

Vous n'êtes ni jaloux, ni calomniateur ;

On aime de vos traits la pointe originale ;

Votre plaisanterie est rarement banale ;

Et si vous ne tuiez, ainsi que tout Docteur,

Si des maris coiffés la troupe furibonde

Ne vous expédiait au diable, de bon cœur,

Vous seriez le coquin le plus heureux du monde.

DERNIER CHANT.

A MON AMI TH. JOURDAN.

J'implore en vain l'oubli pour mon ame inquiète :
L'oubli ne descend plus dans l'ame du poète
Depuis que se heurtant au choc des mauvais jours
Mon sylphirique Eden s'est brisé pour toujours.

En vain le chantre ailé des mornes solitudes

Fait retentir les airs d'harmonieux préludes ;

En vain le sol revêt sa robe de couleurs :

L'oiseau n'a plus de chants, l'été n'a plus de fleurs !

De la tige des jours mes heures détachées

Tourbillonnent aux vents, mortes et desséchées.

Et pas un ange, hélas ! qui sur ma route offert

Vienne semer d'espoir la voie où j'ai souffert !

Mon front plissé d'angoisse est triste comme l'ombre

Des larves que Smarra déchaîne à la nuit sombre.

Et j'ai beau retremper ma lèvre aux flots du ciel,

La source où je me penche est veuve de son miel.

Pour livrer ma jeunesse aux vents qui l'ont flétrie,

O mon âme ! à quels chocs vous êtes-vous meurtrie ?

Quel impur cauchemar, debout à mon chevet,

A-t-il souillé les fleurs que mon passé rêvait ?

Où sont mes frais lointains, mes visions dorées,

Qui brodaient l'avenir d'images adorées,

Et balançant leur prisme au souffle du matin,

Étincelaient d'azur, de pourpre et de satin?
Où sont mes souvenirs pleins d'illusions vagues,
Qui riaient, comme rit le soleil dans les vagues,
Quand l'horizon, noyé dans des flots de vermeil,
Voit la nature en feu secouer son sommeil?
Se sont-ils envolés comme s'envole un songe
Quand l'astre aux gerbes d'or sur nous ruisselle et plonge;
Ou comme aux jours frileux, rasant le bord des eaux,
Vers des climats plus doux s'envolent les oiseaux??

Non! l'ère de bonheur à mon printemps ravie
De chatoyants reflets couronnera ma vie.
Mon ciel resplendissant qu'un souffle a pu ternir
Redeviendra limpide au vent de l'avenir :

Je reverrai l'essaim de mes Péris charmées

S'abattre en folâtrant sous nos zones aimées.

Je prêterai l'oreille aux chœurs mélodieux

Que leur bouche confie aux brises de nos cieux.

Et quand Avril de fleurs émaillera nos plaines,

J'irai, comme autrefois, surprendre les Phalènes

Qui berçant leur sommeil aux prestiges du jour

Des hamacs parfumés habitent le séjour.

J'inonderai mon cœur des voluptés mystiques

Dont la Saône a peuplé ses rives poétiques :

Tantôt suivant de l'œil sur le colza tremblant

La vive Piéride au manteau noir et blanc ;

Tantôt épiant l'heure où les fleurs éclatantes

Aux baisers des zéphirs s'ouvrent comme des tentes.

Puis, lorsque de l'hiver les signes orageux

Auront coiffé les monts de casques nuageux ;

Que du nord déchaîné les stridentes rafales

A travers les forêts grinceront, sépulchrales,

Quelle âpre volupté d'entendre l'ouragan

Ployer le front du chêne et briser l'origan !

De voir à blancs flocons les neiges cristallines,

De leur duvet soyeux revêtir les collines ;

Aux ramures de l'orme, aux bras nus des buissons

Suspendre un dais d'albâtre étoilé de glaçons :

Merveilles du hazard, éphémères trophées

Que la main d'un génie eût sculpté pour les fées,

Et dont l'œil du poète, hélas ! cherche au réveil

Les chefs-d'œuvre d'un jour fondus par le soleil !...

Rendez-moi, rendez-moi ces tableaux du jeune âge,

Vestiges dispersés de mon pèlerinage,

Qui, trois lustres couchés au sépulcre des jours,

De vivaces regrets me poursuivent toujours.

16

Rendez-moi ces parfums des vertus primitives
Arrachés aux fleurons des guirlandes natives,
Couronnes de bonheur qu'un siècle décevant
Effeuille, pièce à pièce, et dissipe à tout vent.
Emportez-moi bien loin de ce monde profane,
Où toute joie expire, où toute fleur se fane,
Où l'impudeur des sens ne frémit plus d'oser
Contre une pièce d'or échanger un baiser :
Méphytique atmosphère où respirait Sodome,
Quand l'honnête homme, hélas! rougissait du nom d'homme!

N'est-il plus aux versants des riches mamelons
Qui d'un réseau de pampre encadrent nos vallons,
Une fraîche oasis, Thébaïde ignorée,
Du souffle impur du siècle encore indéflorée;

Un asile où le sort puisse, comme autrefois,
Bercer mon existence au murmure des bois?
C'est là que, recueilli dans ma pensée austère,
Je veux fermer l'oreille aux vains bruits de la terre ;
Et vivant pour moi-même, en face de Dieu seul,
Rejeter du présent le funèbre linceul.

Abris mystérieux! solitude profonde!
Vous qui purifiez des souillures du monde;
Vous qui, nous enivrant d'un indicible émoi
Désaltérez notre ame aux sources de la Foi,
Ouvrez-vous! ouvrez-vous! sur ma tête embrasée
Épanchez les trésors d'une sainte rosée;
Et qu'un sommeil de paix, venu du firmament,
Sur ma paupière en feu s'abaisse mollement.

TABLE.

	Pages.
C'est pour Toi.	1
Écho de l'Ame.	5
A un Ami	11
A deux Artistes	19
A M. Alphonse Balleydier, après avoir lu son Histoire du Siège de Lyon	25
Avignon.	55
Où donc est le bonheur?	45
O mon Ange, merci.	55
Un Cyprès	57

	Pages.
Épître	65
Dialogue	79
Doute et Foi	95
L'Hiver	101
Pauvre veuve	109
Souhaits, à M. Eugène Jouve	115
A M. Alphonse Balleydier	121
Aux Désœuvrés	129
Tant pis, tant mieux	141
Ovidienne, à mon ami Victor Viard	149
L'Occitanie, à Jean Reboul	157
A M. Louis Duviard, mon confrère et mon ami	167
Dernier chant, à mon ami Th. Jourdan	177

FIN DE LA TABLE.

www.ingramcontent.com/pod-product-compliance
Lightning Source LLC
Chambersburg PA
CBHW070843030726
47504CB00005B/1203